卒業タイムリミット

辻堂ゆめ

JN054418

双葉文庫

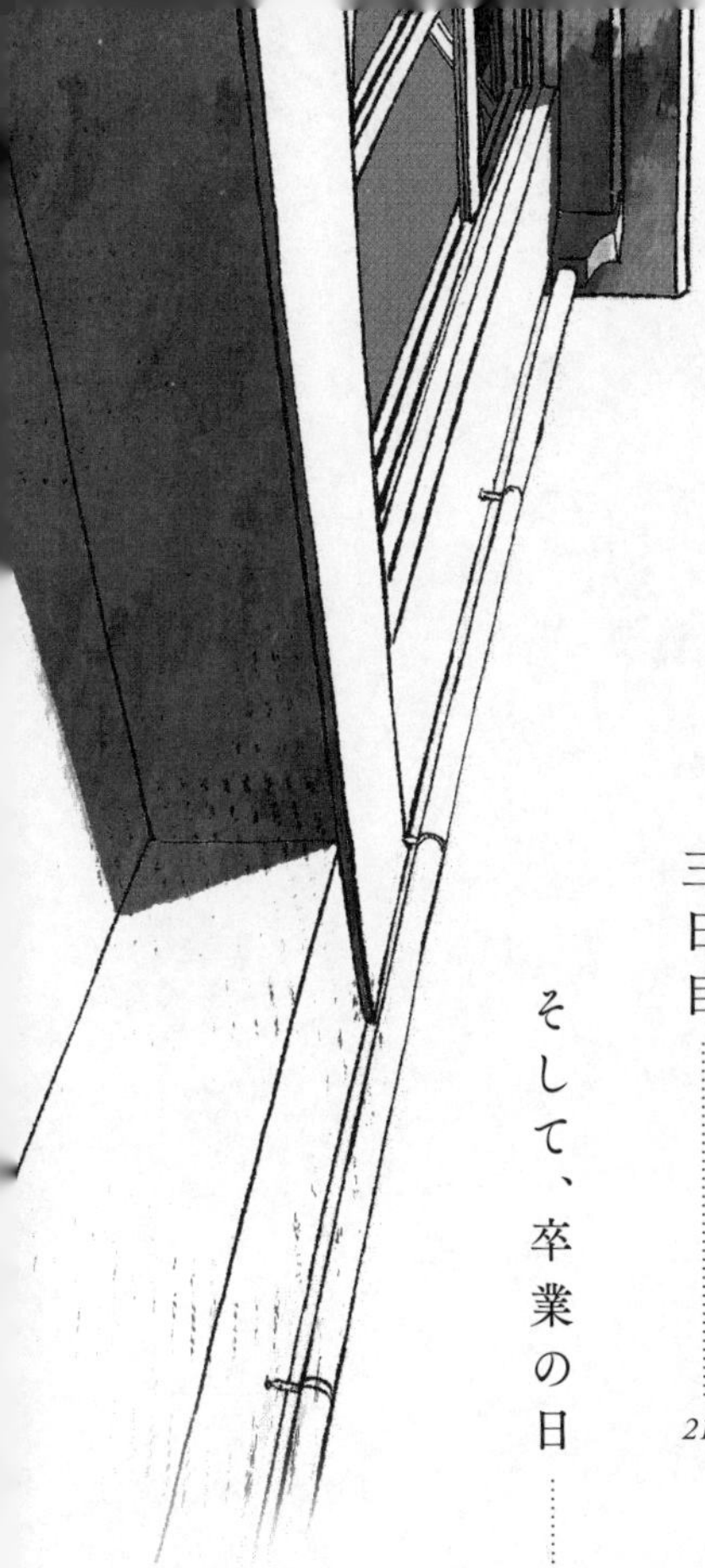

目次

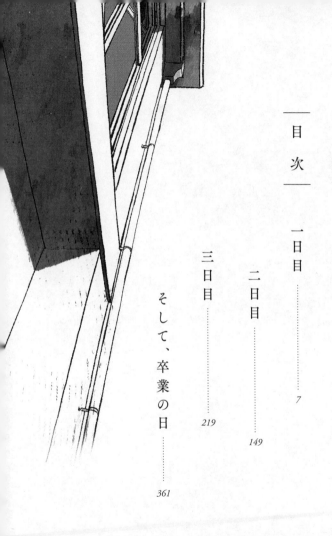

卒業タイムリミット

一日目

三年一組男子による告白カード（前半）

　ずっと、よく分からなかった。

　こんなバカげたものを、どうして生徒に書かせるのだろう。

　名称からして、大人から子どもへの押しつけだ。「告白」というのはあくまで悩みや秘密を抱えている側が「する」ものであって、「させられる」のはなんだかおかしい。

　納得できないところはあるが、とりあえず書いてみることにする。『高校生活で一番悔しかったこと』という今回のテーマであれば、俺にも思い当たることはあるからだ。

　高校に入ってすぐ、俺は学校へはほとんど行かなくなり、地元でも有名な不良グループに出入りし始めた。そのグループには、「ボス」と呼ばれるリーダーがいた（ありきたりな名前だが、実際そう呼ばれていたし、本人もまんざらでもなさそうだった）。グループ内に、ボスに逆らおうとする者は誰もいなかった。そっちの筋の人間とつながっているという噂《うわさ》があったからだ。

ある日、俺は不良グループ内の女に手を出した。後で知ったのだが、そいつはボスの新しい女だった。その事実を隠して向こうから言い寄ってきたのだから、ある意味俺も被害者なのかもしれない。

「ボスに知られたら、二人とも殺されちゃうかもね」

そんなことを言いながらも、女は俺と付き合うのをやめようとしなかった。たぶん遊ばれているのだろうと思った。こっちだって本気にするつもりはなかった。

このままずるずるとボスの女との関係を続けながら、不良グループの一員として荒れた高校三年間を過ごしていくものとばかり思っていた。

事態が少し変わったのは、三年生に上がってからだ。

新しい担任教師が、街でタバコをふかしたり酒を飲んだりしている俺のところに、しょっちゅう通ってくるようになった。「先公はあっちいけよ」と突き放したが、「教室でめったに会えないんだから、こうやって親しくなるしかないだろ」と先生は動じなかった。

最初は、俺を学校に連れ戻そうとしているのだと思った。だが、その気配はなく、先生はいろいろなことを話しかけてきた。俺が学校という場所は嫌いだが学問にアレルギーがあるわけではないと見るや、ビジネス論だの投資術だの、俺が少しでも興味を持ちそうな内容の本を持ってきて、何かと熱く語ってきた。

幾度も街で会ううちに、だんだんと先生の本気が伝わってきた。

変わっているな、と思ったのは、俺に合わせて先生まで酒やタバコをやりだしたことだ。「学校にバレたらどうすんだよ」と警告したが、「生徒に心を開いてもらうことのほうが優先だ」と受け流していた。そのくせ、タバコを吸うとむせるし、酒を飲むとすぐ首まで真っ赤になる。「だっせえ」とバカにすると、先生は「お前はよくこんなものを年がら年中摂取していられるな」と逆に感心していた。

俺みたいな人間のために、ここまでしてくれる先生がいることに驚いた。

不良グループの仲間と一緒にいるよりも、先生の話を聞いているほうが面白いと気づくまでに、長い時間はかからなかった。

次第に、学校に足を運ぶ日も多くなっていった。酒やタバコに手を出す頻度も減った。

だが——

伊藤が腕を組み、目をつむりながらしみじみと呟《つぶや》いた。

「たった一年間だったけど、山あり谷あり、だったな。というよりは、谷底から富士山に這《は》い上った感じか。$y=x^2$のグラフの第一象限的な。いや、$y=2(x-2)^2$くらいかな」

「数学教師っぽい喩《たと》え方はやめろよ」

「ちなみにグラフの最小値は、六月に起きた不良グループ摘発事件な」

黒川の卒業は、担任である伊藤の奔走と努力なしには到底実現しえなかった。そのことは、よく分かっている。

大学院を出て教職に就いた直後にいきなり自分のような不登校気味の問題児を抱え、伊藤はさぞ困惑したことだろう。新卒を初っ端《しょぱな》から三年生の担任に据えるという、生徒だけでなく教師に対してもスパルタな私立高校に就職したことを後悔したかもしれない。

それでも、伊藤は全力で向き合ってくれた。黒川が学校を休んだ日にテスト範囲が発表されると、担当外の教科の情報も併せて教えてくれた。黒川の教科ごとの出席時数を細かく確認し、足りなくなりそうな場合はすぐに連絡してくれた。「授業をサボりたくなったらとりあえず数学を休め。補習なら後でしてやるから」という先輩教師に殴《なぐ》られそうな台詞《せりふ》を吐き、その言葉どおりに特別授業を開講してくれた。

黒川が伊藤に心を許していく過程では、九か月前までつるんでいた不良高校の生徒たちが大麻所持で一斉摘発されるという大事件もあった。

「あのときは……迷惑をかけたな」

「おお、さすがの黒川も自覚してるか。なら、卒業したら俺に焼肉でも奢《おご》れよ」

「別に今日でもいいよ。やることなくて暇だし」

「いやダメだ」

「なんで」

「教師と生徒の間だとパワハラが成立しちゃうだろ。ん？　アカハラっていうんだっけか」

伊藤がポケットからスマートフォンを取り出し、操作し始める。ハラスメントの正確な定義でも調べているのだろう。どっちでも変わらないし、話の発端が焼肉だと思うと心底どうでもいい。

いずれにせよ、黒川が伊藤に救われたというのは、動かしがたい事実だ。

三年生の六月、グループの集まりにすっかり顔を出さなくなっていた黒川は、かつての仲間たちからしつこく呼び出しを食らっていた。それを無視し続けていると、突然警察が事情聴取にやってきた。勝手にグループを抜けたことへの報復として、大麻所持で捕まったメンバーが黒川の名前を警察に密告したようだった。

そのことは、学校にもすぐに伝わった。血相を変えた理事長や校長に呼び出され、当時まだ社会人三か月目だった伊藤は相当肝を冷やしたはずだ。あのとき、伊藤が黒川の「やってない」という発言を無条件に信じ、改心を証言してくれていなかったら、今ごろ冤罪《えんざい》で捕まっていたかもしれない。

「先生」

「ん？」

「腹減ったわ」

「ああそうか、もう昼休みに入ってたな。では、解散で」伊藤も空腹だったのか、あっさりと椅子から立ち上がった。「一時から卒業式の予行演習だから、遅れないようにな」

「参加は任意だろ」

「それは今日入試がある奴だけだ。サボるんじゃないぞ」

伊藤に言われると、なんとなく断りづらい。

生徒指導室の扉を開け、廊下に出る。伊藤と二人で向かい合うのが精一杯という狭い空間は嫌いではなかったが、職員室の隣という位置はいただけなかった。理事長室や校長室の扉も並んでいるこの廊下は、大人に取り囲まれているかのような圧迫感に満ちている。職員室の入り口近くの壁には、銅製の校訓額が掲げられていた。暑苦しい標語が、堂々とした文字で彫られている。

『高校時代の一日は大人の一か月』

『見える山すべてに登り切れ』

中でも一番上の目立つ場所に刻まれているのは、小菅《こすげ》理事長が全校朝礼で前に立つたびに口にしている教育理念だった。

『一人一人に居場所を』

ホームページに謳《うた》われていたこの言葉に母親が感銘を受けたのが、私立欅《けやき》台《だい》高校に入学することになったきっかけだった。中学の頃の黒川は、自分の進路について無関心だった。母の勧めのままに入学してしまってから、大失敗だったと何度も後悔した。

「先生はさ、どうしてこの学校に就職したわけ」

「え？　突然何だよ」

「このかっこつけてる校訓とかさ、むかつかない？」

校訓額を指差し、吐き捨てた。

「理事長の美談も押しつけがましいしさ。『私は高校時代をきちんと過ごさなかったから後悔した』とか、『私はレ・ミゼラブルの主人公ジャン・バルジャンのように、貧しさに耐えかねてパンを盗んでしまったこともある』とか、嘘《うそ》か本当か分からないことを全校朝礼のたびに延々と語るじゃん」

「やめろって」

「校長も、理事長のご機嫌取りばっかだしな。『理事長が見たときに幻滅しないように』って生徒の服装や頭髪について厳しく文句を言ったり、『理事長が目指している文武両道を体現しよう』とか言って全校生徒に十キロマラソンを強要したり」

「おいおい」

「しかも、制限時間内に走り終わらなかった奴は全員、放課後に校長室で小一時間の説教。体調悪かった奴も含めてだぜ。それでさらに気持ち悪くなって倒れる生徒が出るんだから、害悪でしかない」

「おい、職員室の前だぞ」

伊藤が身を震わせ、黒川の肩をつかんだまま左右を見回す。他の教師の影が見えないことを確認した伊藤は、長い安堵《あんど》のため息をついた。

「息苦しい学校だったな」

校訓額を眺めながら、またぽつりと呟く。

一人一人に居場所を。

一見あたたかい教育理念だが、その実態は常軌を逸していた。

すべては、この高校のトップに君臨する人物のせいだった。理事長の小菅泰治《たいじ》は、多くの生徒から煙たがられていた。

小菅は完璧主義だった。勉強、部活、学校行事。高校生たるもの、そのすべてに全力で取り組むことが望ましいという考えの下、勉強ができる生徒には部活や行事を、部活や行事を頑張っている生徒には勉強を強制した。まだ開校して五年の新しい学校であるがゆえに、進学実績や部活の全国大会出場実績をとにかく高水準に持っていきたいというのがその狙いのようだった。

また、品行方正な生活態度を重視した。生徒が非行に走ることを避けるために、定期的に全生徒との個人面談の時間を設けた。時に三十分を超える面談の場では、学校生活だけでなく家庭環境にまで踏み込んだ質問を容赦なくぶつけられ、そのどれかで問題があると判断された生徒は繰り返し理事長室に呼び出された。

「俺、いったい何回呼び出されたんだろ」

「個人面談にか？」

「そう。完全にターゲットだよな」

「まあな。理事長による個人面談設定回数も、それをすっぽかした回数も、黒川は歴代トップだろう」

「全校じゃなく歴代かよ」

「堂々のな」

出席時数不足で留年の危機に瀕《ひん》していた黒川は、常に理事長のターゲットにされていた。毎月のように担任経由で届けられる呼び出しの紙を何度無視したかしれない。たまに面談に顔を出すと、どうして学校に来ないのかという点について延々と問い詰められた。

個々人の状況に目が行き届いている、と言うと聞こえはいいかもしれないが、異常なほど執着される当の生徒たちからすればたまったものではない。

「あとさ。極めつきは、『告白カード』」

「ああ……あれな」

「あれこそ、個人面談以上にわけが分からなかったわ」

毎月月初に配られる、課題作文のようなものだ。理事長が決めた月ごとのテーマに基づいて、自分の悩みや抱えている問題を〝告白〟しなければならない。カードと言いつつ、相談用紙はA3サイズで、裏表にわたって細かいマス目がびっしりと並んでいる。

面倒なのは、真剣な相談事を書くと理事長との追加面談が設定されるし、かといって白紙に近い状態で提出するとそれもまた面談対象になるという点だった。いかに当たり障りのない内容をもっともらしく長文で書くか、というのが、全校生徒の間での関心事になっていた。

「告白カードの提出率も、黒川は歴代ワースト――」

「もういいよそのランキングは」

ぴしゃりと返し、校訓額に背を向ける。

「というわけで、あと三日で卒業だけど、何の感慨もわかないな」

「そんな悲しいこと言うなよ」

「先生のせいじゃない。こんな狂った学校で、高校生活を楽しめるはずないんだよ」

「あー、悪口は学校を出てからにしてくれないか」

「先生もそう思うだろ」

「俺は立場上同意できない」

「三年前からやり直せるとしたら、絶対にこの高校は選ばないな」

「俺もだ」

振り向くと、しまった、という表情で伊藤が口を押さえていた。ほら先生もじゃないか、と突っ込みたくなったが、職員室から出てくる教師たちの姿が見えたからやめておくことにした。

「まあさ、お前にとっては悪くない学校だったんじゃないか？　授業態度や出席時数はほ

「ねえ、見てこれ！　里紗子ちゃんが！」

振り返ると、教室から飛び出した女子生徒が、横向きにしたスマートフォンを掲げていた。青ざめた顔をしている彼女の周りに、クラスメートがわらわらと集まる。

「え、これ里紗子ちゃん？」

「うん、名前が書いてある」

「嘘、これやばいじゃん」

「とりあえずクラスのみんなに回すね」

「先生たち知ってるのかな？」

他のクラスでも同じタイミングで情報が広まったのか、廊下で喋《しゃべ》っていた生徒たちが血相を変えてスマートフォンを覗《のぞ》きだした。「やだ、何これ！」と甲高《かんだか》い声で叫んで顔を覆う女子生徒や、画面を見つめたまま口を開けて立ち尽くしている男子生徒の姿が目に入る。何かの動画でも見ているのか、一年生たちが手にしているスマートフォンからはアナウンスのような低い音声が流れていた。

廊下の手前から奥のほうへと、ざわめきは急激に広がっていった。スマートフォン使用禁止の校則のことは、誰もが忘れているようだった。教師に没収されたら親が学校に取りに来ないと返してもらえないため、こそこそと隠れて使用するのが鉄則なのに、ほぼ全員がスマートフォンを手にしたまま叫びあっている。それどころか、近くに立っていた一団が「先生たちに知らせよう」と職員室の方向へと走り去っていった。

何を考えているのだろう。スマートフォンで得た情報を教師に喋るなんて、自殺行為だ。

「お前ら、何見てんの？」

近くにいた一年生男子に声をかけた。咎《とが》められたように聞こえたのか、小柄な男子が怯《おび》えた顔をして振り返る。黒川の胸元についた校章が一年生を示す緑ではなく三年生の赤色であることに気づくと、彼はいっそう顔をこわばらせた。

「み、水口先生が監禁されてるんです」

「は？」

思わず声を上げ、一年生男子を凝視した。目つきの鋭さは自覚している。彼はすくみ上がり、スマートフォンを差し出した。

「これです」

画面には、動画の検索結果が表示されていた。『水口里紗子』という検索ワードが打ち込まれている。

そのトップに表示された動画の名前に、目が留まった。

『欅台高校　水口里紗子　監禁動画①』

「何だこれ」

スマートフォンを取り上げ、動画サイトのリンクをタップする。画面に現れたのは、暗い部屋の中を映した動画だった。長さは一分程度のようだ。

動画が、自動で再生され始めた。何が映っているのか、最初はよく分からなかった。薄暗い部屋の中で、わずかに光が当たっている部分がある。撮影に使用しているスマートフォンかビデオカメラのライトのようだった。

その小さな光の輪の中に、人の顔のようなものが見えた。直後、カメラが近づいて、顔の横に垂れ下がった長い髪が映し出される。

哀願するようにこちらを見つめている二つの目。

すっと通った鼻筋。

見覚えのあるパーツが次々と目に飛び込んできて、思わず息を呑《の》んだ。

女性の口元はよく見えない。しばらく経ってから、黒い布が巻かれているのだと気づいた。

撮影者が一歩遠ざかり、うずくまっている人影の全身が映った。

水口里紗子は、床にぺたりと座り込んでいた。花柄のワンピースはめくれあがっていて、普段から見せびらかしている自慢の脚が灰色のカーペットに投げ出されている。水口の手首と足首は、それぞれ結束バンドのようなもので括《くく》られていた。

よく見ると、彼女の胴体にも縄が何重にも巻かれていた。あたりが暗いためよく見えないが、どうやら大きなダイニングテーブルのようなものが背後に据えられていて、水口里紗子の身体はその脚に固定されているようだった。すぐそばには古びた本棚が置かれている。

家具の配置や光の反射具合からして、だいぶ狭い部屋のようだ。どこかのマンションかアパートの一室、といったところだろうか。

『欅台高校、三年八組担任、水口里紗子を預かった』

突然アナウンスのような音声が流れ始め、黒川は驚いてスピーカーの音量を下げた。ボイスチェンジャーでも通しているのか、妙に低くて聞き取りづらい声だ。

『現在の時刻は、三月四日、月曜日、午前十時。今からちょうど七十二時間後に水口里紗子を始末する』

不穏なアナウンスが続いた。相変わらず画面の中央に映し出されている水口は、身体をよじって抵抗しているようだった。恨みがましい目でこちらを見つめては、口元にきつく巻かれた黒い布の奥から声にならない声を発している。

動画の再生が終了した。

「これ、普通に動画サイトに載ってるのか」

「は、はい。学校の情報まとめサイトに誰かがリンクを投稿して、それで広まったみたいです」

ホーム画面に戻り、現在の時刻を確認する。十二時二十一分と表示されていた。ということは、この監禁動画が動画サイトに公開されてから二時間半近くが経過していることになる。昼休みに入り、下級生の一部がスマートフォンをこっそり使い始めたタイミングで発見されたのだろう。

一年生男子にスマートフォンを返し、今度は自分のものをポケットから取り出した。セキュリティロックを解除してすぐ、メッセージアプリのアイコンに十数件の未読マークがついていることに気づく。

アプリを開き、メッセージの内容を確認する。案の定、新規のメッセージはすべて、三年一組全員が入っているグループからのものだった。無駄な情報は目に入れまいと、クラスのグループの通知は普段からオフにしているから、こうやって自発的にアプリを開かないと気がつかないようになっている。

グループのトーク画面には、『里紗子ちゃん、大ピンチ!』という危機感のない文章とともに、動画サイトのリンクが掲載されていた。教室で打ち上げの企画をしていたうちの一人が投稿したようだ。それを見たクラスメートたちが、『え、これまじ？』『映ってんの本人？』と驚いた様子で次々と書き込んでいる。

「七十二時間後に始末するって、どういうこと？　里紗子ちゃん、三日後に殺されちゃうの？」

近くで、涙交じりの声が聞こえた。見ると、監禁動画を見て感情が昂《たかぶ》ってしまったのか、スマートフォンを握りしめたまま取り乱している一年生の女子生徒がいた。

「三日後って、木曜日？」

「うん、三月七日」

「ちょうど七十二時間後ってことは……木曜の朝十時？」

「すぐじゃん」

「犯人、何考えてるんだろ」

そんなやりとりが耳に入ってきて、ふと気がついた。

三月七日は、三年生の最終登校日。

そして午前十時は、卒業式の開始予定時刻だ。

——偶然か？　それとも。

もう一度動画サイトを開こうとスマートフォンを操作したとき、廊下の向こうから聞き覚えのある大声が響いてきた。

「おおい、うるせえぞ、静かにしろ！　教室に入れ！」

現れたのは、体育教師の野上厚だった。背は黒川よりもだいぶ低いが、声だけは大きい。蜘蛛《くも》の子を散らすように駆け回り、廊下で騒いでいた一年生たちが一斉にスマートフォンをポケットにしまい始めた。

「おいお前！　今スマホ持ってたよな。こっちへ来い。お前もだよ！　出せ、没収するから。今ポケットに入れただろ」

野上に見つかると面倒なことになりそうだった。生徒に校則を守らせることを生きがいにしている野上の前では、例外や弁解など通用しない。片手に竹刀《しない》こそ携えていないが、常に上下ジャージ姿の野上は、昔の漫画やドラマに出てくる気性の荒い体育教師そのものだった。

黒川はそっとその場を離れ、近くの階段を駆け上った。

二階では、家庭科教師の緒方牧子が野上と同じように歩き回り、ヒステリックな声で指示を飛ばしていた。仕方なく、さらに階段を上って三年生の教室が並ぶ廊下へと出る。

登校している生徒がほとんどいないからか、三階は比較的静かだった。教師が注意を呼びかけている様子もない。立ち止まってスマートフォンで例の動画をもう一度再生しようとすると、バタバタと廊下を走る音がして、三人の男子生徒が近づいてきた。

「あれ、黒川じゃん。学校来てたんだ」

三年一組のクラスメートだった。さっきまで教室で卒業式後の打ち上げを企画していた連中だ。

「里紗子ちゃんの動画、見た？」

「ああ」

「やばくね？」

「やばいな」

「さっき教室の窓から外見てたらさ、パトカーが校門から入ってきたんだよ。ネット上で騒ぎになってるから、警察が事情を訊きに来たんだと思う。もしくは先生たちが通報したのかも。黒川も見に行く？」

「いや、俺はいい」

「そっか。じゃあ何かあったらクラスのグループに書き込むから」

クラスメート三人は、興奮した様子で階段を駆け下りていってしまった。大変なことが起きているという実感よりも、自分たちがちょうど学校に来ているときに大事件が発生したことによる高揚感のほうが強いようだ。

廊下に取り残された黒川は、壁に寄りかかり、動画の再生を始めた。

暗い部屋に、二十代の女性教師が一人。

そして、淡々と撮影を続ける誘拐犯。

誰もいない廊下でもう一度見ると、背中が薄ら寒くなった。

水口里紗子は、猿ぐつわをかませられ、結束バンドで手足の動きを封じられて、日光が差し込まない薄暗い部屋に監禁されている。

おそらく、今も。

誰かが助け出さない限り、ずっと。

そして三日後には――。

ぞくりとして、全身の毛が逆立った。高校の教室という平穏な環境でしか関わったことのない教師が何者かに誘拐されたという事実は、簡単には受け入れられないものだった。

スマートフォンをポケットに戻し、顔を上げる。目の前の教室が三年八組であることに気づき、ちらりと中を覗いてみた。生徒は誰もいなかった。一人も登校していないということはないだろうから、担任教師の一大事に騒然として、職員室にでも報告に行ったのかもしれない。

三年八組の連中は、水口里紗子と親友のように仲が良かった。学校行事後にクラスで行う打ち上げには毎回水口も同席し、「他の先生方には秘密ね」などと生徒に口止めしながら二次会のカラオケまで一緒に行っていたという話だから、その親密度は相当なものだ。今ごろ他のどのクラスよりも衝撃を受けているだろう。

廊下に立ち尽くしたまま動画を何度も再生しているうちに、長い時間が経っていたようだった。

校内放送が、スピーカーから流れた。

『全校生徒の皆さんに連絡します。事情により、本日午後の授業は中止にします。卒業式の予行演習も行いません。学校には残らず、全員速やかに下校してください。なお、校門の前に報道関係者が集まっていますが、質問には答えないようにお願いします。繰り返します――』

もうマスコミが来ているのか、と驚く。ただ、よく考えると、監禁動画自体は午前十時からひっそりと公開されていたのだから、むしろ学校関係者が情報を把握するのが遅かったのかもしれない。ということは、外部の人間の手によりネット上で一気に情報が拡散したのが、さっき一年生が騒ぎ始めたタイミングだったのだろう。

鞄《かばん》を肩にかけ直し、階段を下りて昇降口へと向かった。

二階や一階では、下級生たちが口々に水口里紗子の監禁動画について噂しながら廊下へ

限っては外部コーチの指導がなく、ほとんど未経験の顧問が練習メニューを決めていたのだ。

そして、部としての実力もそれほど高くなかった。自分なりに練習を工夫して頑張れば、三年間練習してきたはずの先輩たちをたちまち追い越してスタメン出場できてしまうくらいには。

物足りなさを感じながらも、僕は練習に精を出した。だけど、チームスポーツにおいては、いくら個人技を極めたからといって大会で勝利できるとは限らない。結局、最初の一年間は、出場したすべての大会で県大会に進めなかった。こんなことなら他の学校を選べばよかった、と落ち込んだ。

部の雰囲気が変わったのは、二年生の四月だった。別の学校でも指導経験がある熱血体育教師が入ってきて、僕たちの部活の顧問に着任したのだ。

週四回だった練習は、週六回に増えた。唯一の休みだった火曜日も、自主トレーニングに充てることをすすめられた。やる気のない人間は退部していき、代わりにエネルギーに満ちあふれた新入生が入部してきた。

全員の気持ちに火がついた。というより、手を抜こうとすると全員の前で顧問に罵倒《ばとう》されるから、真剣に練習せざるをえなかった。

その状況を見て、嬉《うれ》しくなった。これでようやく、チームが強くなる。地区大会突破、やがては全国大会出場に向けて頑張ろうと、僕はそれまで以上に練習や自主トレーニングに励んだ。

部の成績は上がった。地区大会を突破し、県大会に進むことができた。

ただ――

＊

それから三十分後、黒川は再び自転車に乗って学校へと向かっていた。

信号で止まるたびに、通学鞄の外ポケットから顔を覗かせている白い封筒にちらりと目をやる。

――犯人が送ってきたのだろうか。

だとしたら大変なことだ。しかし、黒川には心当たりがまったくなかった。

『真相は君たちにしか分からない』とあるが、そもそも水口里紗子と黒川は英語の授業のときだけ顔を合わせる関係にすぎない。それも、教師一人対生徒四十人という構図の中での話だ。水口から見れば、教えているクラスは他にもたくさんある。『四名の生徒』という言葉も気になっていた。自分以外の三名が誰なのか、想像もつかない。校内に友人と呼べる人物は皆無だ。誰がやってきても、気まずい雰囲気が漂うのが目に見えていた。

だが、事が事だけに、無視するわけにもいかなかった。自分が犯人からの手紙を無視したせいで水口が命を落とすようなことになっては、いくらなんでも困る。

学ランの上着の袖口《そでぐち》から吹き込む風は、まだまだ冷たかった。三月になったとはいっても、春らしい春が来るのはもう少し先のようだ。

寒さを紛らすために、いっそう強い力でペダルを踏み込んだ。

学校の前に辿《たど》りついたとき、まだマスコミ関係者が数名残っていた。彼らと目を合わせないようにしながら、黒川は自転車から降りて校門へと急いだ。校門は閉まっていたが、施錠されているわけではなく、横に引くとするりと開いた。

自転車ごと、その隙間に身体を突っ込む。「あの」と後ろから記者が声をかけてきたのを無視して、敷地内へと前進した。

つい数十分前までごった返していたのが嘘のように、学校には人がいなくなっていた。昇降口の外に立っていた教師たちの姿も見当たらない。校門を入ってすぐの教職員用駐車場に停まっているパトカーだけが、この学校に起きている非常事態を物語っていた。

駐輪場に自転車を停め、がらんとしている校舎前を歩いた。放課後であるにもかかわらず、校庭で練習をしている運動部員が一人もいないのは異様な光景だった。

足音を立てないようにしながら、小走りで体育館へと向かう。教師に目撃されないよう、念には念を入れて行動したほうがよさそうだった。緊急下校後に戻ってきたことが万が一バレたらこっぴどく叱《しか》られそうだ。特に、野上に見つかったりしたら洒落《しゃれ》にならない。

体育館裏には、ところどころに雑草が生えていた。それを踏みつけながら、数メートル先まで進む。何度かあたりを見回してみたが、他の生徒の姿は見えなかった。

——何かのいたずらじゃないだろうな。

ポケットからスマートフォンを取り出した。一時五十二分。とりあえず二時までは待ってみようかと、薄く汚れた壁に背中を預ける。

体育館の裏にはフェンスがあり、その向こうには、まだ新しそうな一軒家が建っていた。その二階のベランダに並んでいる植木鉢をぼんやりと眺めていると、足音が近づいてきた。振り向くと、ちょうど角から顔を出した制服姿の男子生徒と目が合った。

「あれ？」

そう声を発して近づいてきた男子生徒の顔には、どこか見覚えがあった。黒川と同じくらいの平均的な背丈と、学ランの上からでも分かる筋肉質な身体つき。黒い髪には少々癖があり、毛先があちらこちらへと撥《は》ねている。

「えーっと、黒川だよね？　たぶん、一年生のときに同じクラスだったと思うんだけど」

「ああ、サッカー部の」

ようやく思い出した。一年の約三分の一は学校を休み、登校した日も机で寝てばかりいた一年生当時のことはほとんど覚えていないが、この生徒のことは記憶の片隅に残っている。サッカーの練習で疲れているだろうに勉強も要領よくやっていた、スポーツ万能かつ優等生タイプの男子だ。たまに黒川が登校したときも、休み時間中はいつもクラスメートに取り囲まれていて、教室の中でよく目立っていた。

「黒川って、今は髪短いんだ。一瞬分からなかったよ。一年生の頃はもっと長かったよね」

「そっちも、前はだいぶ日焼けしてたよな」

「俺の名前、覚えてる？」

「いや」

「荻生田《おぎゅうだ》隼平《じゅんぺい》。今は五組。黒川は？」

「一組」

隠す丈のスカートをはいた女子生徒だった。息を切らして走ってくる彼女の姿を見て、ぎょっとして一歩後ずさる。

「あ……」

肩ほどの長さの髪を揺らして駆けてきた女子生徒は、黒川の漏らした声に気づく様子もなく、三人の前に到着するなり深々と頭を下げた。

「すみません、手紙が届いてたことに気づいてなくて、開封したのがついさっきで。自転車を飛ばしてきたんだけど、二十分くらいかかっちゃうから間に合わなくて」

聞き取りやすいはっきりとした声で一気にまくしたて、ぱっと顔を上げる。

その勢いで、目の上で切りそろえた前髪が舞い上がった。その下にある切れ長の目が、近くに立っていた小松澪、荻生田の顔を順番に見上げていき、最後に黒川の姿を捉える。

高畑《たかはた》あやねは、切れ長の両目をわずかに見開いた。

「良樹……」

あやねの口から、驚いた声が漏れる。「おお、四人目は高畑さんか」という荻生田の弾んだ声が、あやねの言葉を掻《か》き消した。

「八組の生徒が一人もいないのは意外だったけど、高畑さんがいるのは心強いかも」

「え、どういうこと?」

不登校を繰り返していたという噂は、当然のように伝わっているはずだった。外でタバコを吸っていたのを目撃されたこともあるかもしれない。

――俺、帰ってもいいかな。

改めて、薄汚れた壁と金属製のフェンスの間に立っている三人の姿を見回す。

学校一の美少女、小松澪。

サッカーが得意なスポーツ万能男子、荻生田隼平。

学年一勉強ができる女子、高畑あやね。

そんな豪華メンバーに、なぜ自分が交じらなければならないのだろう。あまりにも場違いで、居心地が悪かった。

「なぜこの四人なのかっていう高畑さんの質問についてだけど……今のところ、さっぱり分からないんだ。そもそも俺、小松さんと高畑さんは話すのさえ初めてだし」

荻生田が女子二人を見やりながら腕を組んだ。「私は荻生田くんと黒川くんが初めて」と澪、「私は荻生田くんだけだな」とあやねが続く。

「三年間で、この四人が同じクラスになったことは一度もないってことだもんな。一年生のときに黒川と俺、二年生のときに小松さんと高畑さんが一緒だったけど、今は全員バラバラだし」

「もちろん、部活も違うし」

状況を整理しようとする荻生田に、あやねが呼応する。

荻生田がサッカー部、澪が男子バスケ部のマネージャー、あやねが合唱部、黒川が帰宅部。一応運動部が二人いるが、サッカーとバスケでは練習場所が離れているため、接点も特になさそうだ。

「何か四人の共通点があるんじゃないかな」

荻生田が空を見上げ、考え込んだ。

「あ、委員会は？　俺、体育祭実行委員」

「図書委員」とあやね。

「私、保健委員だったよ」と澪。

「何も入ってない」

黒川が投げやりに答えると、荻生田は「見事にバラバラだな」と顔を曇らせた。

「じゃあ、住んでる地域」

「あやねちゃんと黒川くんはここから自転車で二十分くらいなんだよね。私、電車で一時間近くかかるところから通ってるから……たぶん、違うと思うな」

即座に澪が否定する。「確かにな。ちなみに俺は徒歩十分」と荻生田が頷いた。

「じゃあ、英語の成績とか」

「え、それ関係あるの？」あやねが首を傾げる。

「里紗子ちゃん関連の何かって、これくらいしか思いつかなくて」

「だったらやめない？　言いたくない人もいるかもしれないし」

成績トップのあやねに反撃を食らうとは思わなかったのか、荻生田が「ごめんごめん」と慌てて謝った。

「よく考えたら、高畑さんが学年どころか全国トップクラスって時点で、共通点になりえないわ。俺、英語がダントツの苦手科目だもん」

「私は、普通くらいだったよ。英語の成績。だから、これも関係ないのかもね」

澪がおっとりとした口調で場の雰囲気を和らげる。助け舟を出してもらった荻生田は、ミスコン美女の気遣いにドギマギしたのか、顔をやや赤らめていた。

「進学先——も、たぶん違うよな」荻生田が自信のなさそうな声で言った。

「私立の女子大に行く予定だよ」と澪。

「国立の合格発表待ちだからなんとも」とあやね。

「俺も」

そう言うと、あやねが驚いたように目を向けてきた。学校をサボってばかりいた黒川が

生と相当近い存在といえるよね。特に、職場の同僚である先生たちは、お互いにいろいろな思いや不満を抱えながら仕事をしてるはず。この事件の犯人は、職員室内にいるかもしれないんだよ」

「いや、まあ、可能性の一つとしてはあるかもしれないけど……でも、外部の人間とか、もしかしたら生徒の誰かの仕業かもしれないだろ。そうだった場合、俺らが挑戦状の存在を隠したことで捜査に支障が出たら困るじゃんか」

「一つ、気になることがあるの」

あやねはぴしゃりと言い、左手に持ったままの挑戦状へと視線を向けた。

「――私たち四人全員の名前と住所を把握できる立場にある人間って、限られてると思わない?」


二時間前はあれほどうるさかった一階の廊下は、すっかり静まり返っていた。一年生の教室前を、音を立てないように気をつけながら、四人連れ立って歩く。

「誰が行こうか」

先頭を歩いていた荻生田がこちらを振り向き、ひそひそ声で尋ねた。

「俺、職員室苦手なんだよね」

「俺も」とすかさず同意する。

「それは、私たち二人で行けってこと？」

澪と並んで歩いていたあやねが、片方の眉を上げた。

「この四人で突撃しても、変に思われるだろ。クラスもバラバラだし、これまで接点がなかったわけだし。その点、女子二人は去年クラスが一緒だったから一応不自然ではない。男子二人で行くよりは、先生受けも良さそうだし」

「先生受けねえ。まあ、別にいいけど」

「私も、いいよ。でも、緊急下校後だから、どうして戻ってきたのか訊かれるかもしれないね」

澪が心配そうに胸に手を当て、あやねの顔を覗き込んだ。

「廊下で待ち伏せして、なるべく優しそうな先生が出てきたタイミングで話しかけよう。『動画を見て取り乱してる子が多いから、今の状況を生徒にもしっかり説明してほしい』って真剣に相談すれば、何か教えてくれるかも」

「さすがあやねちゃん。それでいこう」

あやねの頼もしい言葉に、澪が音を立てずに拍手する。

女子というのは不思議な生き物だな、とあやねを褒める澪を見ながら考えた。これまで特に深い付き合いがあったとも思えない二人なのに、表面上はもう仲の良い友人同士のように振る舞っている。この対人スキルはとても真似できそうにない。

ひとまず、黒川と荻生田は、職員室にもっとも近い一年一組の教室で待機することになった。突き当たりの角を曲がっていく澪とあやねの後ろ姿を見送ってから、誰もいない教室に入り、中央あたりの机に腰かける。

「女子だからというより、あの二人だから行かせたんだろ」

荻生田に尋ねると、「そりゃそうだ」というあっけらかんとした答えが返ってきた。

「教師も人間だからな。美少女と優等生には弱い。最強の組み合わせだよ」

「荻生田だって教師受けはいいだろ」

「いや、良くも悪くもないよ」

おそらく謙遜だろう。勉強がそこそこできて、部活も熱心に取り組み、学校行事ではクラスやチームの中心人物として活躍していたであろう荻生田は、『見える山すべてに登り切れ』という一見無茶な校訓を忠実に体現している希少な存在だ。

「卒業三日前をこんなふうに過ごすことになるなんて、思いもしなかったな」荻生田がぽつりと呟いた。

「ああ、そうだな」

「俺、本当に心当たりがないんだけど」

「俺もだ」

「高畑の言うとおり、職員室内に誘拐犯がいたらどうする？」

「さあ。想像もつかねえよ」

「だよなあ」

そんなことを話し合いながら、女子二人の帰りを待った。

しかし、幾ばくもなく、廊下から不穏な大声が響いてきた。

「おおい、そこ、何やってるんだ。卒業式の予行演習は中止だぞ。家に帰りなさい」

思わず二人で見つめ合う。荻生田が忌々しそうな表情を浮かべた。

「野上に捕まったか」

「みたいだな」

「くそっ、運が悪い」荻生田が机から離れながら言った。「でも、あの二人だとあの程度で済むのか。俺らだったらしこたま怒鳴られてるぜ」

荻生田の口調は、意外なほど刺々《とげとげ》しかった。少し考えてから、野上はサッカー部の顧問だったことを思い出した。顧問と部員という濃い関係性の中で、確執の一つや二つあったのだろう。相手がパワハラ発言常習犯の野上ともなれば、仕方ないようにも思える。

荻生田を追いかけて、教室を出た。「すみませんでした」という澪の声がする。野上の足音が遠ざかっていくのを確認してから、恐る恐る角から顔を覗かせた。

職員室前の廊下には、澪とあやねが立ち尽くしていた。職員用男子トイレに入っていく野上の姿を見送っている。

一瞬、野上のこめかみのあたりに白いガーゼが貼ってあるのが見えた。一年生女子が野上の怪我について噂していたことを思い出す。

黒川たちの視線に気づいた女子二人が、音を立てないように注意しながらこちらへ駆け寄ってきた。

「二人とも、ごめんね。目立たない場所に隠れようと思ってたのに、いきなり野上先生と鉢合わせしちゃったの」

「どうせなら一応探りを入れてみようかとも思ったんだけどね。でも、全然取り合ってくれそうになかったし」

しゅんとしている澪と、冷めた目で野上が消えていった方向を眺めているあやねに、「相手が野上じゃ仕方ないよ。ドンマイ」と荻生田が優しく声をかける。

「水口先生の最後の足取りとか家の場所とか、ぽろっと教えてくれる先生いないかなあ」

あやねが職員室のドアを見つめながらため息をついた。

「さすがに、さっき野上先生に注意されたばっかりなのに職員室に乗り込むわけにもいかないしね。誰か話しやすい先生が出てこないかな。片岡先生とか、日本史の木枝《きえだ》先生とか」

「国語の千葉《ちば》ちゃんとか」

「伊藤先生とか」

「あとは、音楽の宇部《うべ》先生とか？」

荻生田が発言した直後、ガラガラと職員室のドアが開いた。慌てて曲がり角に逃げ込み、壁の後ろから顔を出して様子を窺う。

「宇部先生だ」あやねが小声で囁《ささや》く。

「うわ、言ったら本当に出てきたよ」

「私、行ってくるね」

あやねが職員室前の廊下へと飛び出した。迷いなく駆けていき、「宇部先生！」と明るい声で呼びかける。

宇部渉《わたる》がくるりと振り向いた。すらりとした長身で、グレーのスーツがよく似合う男性教師だ。髪の長さは耳に少しかかるくらいで、全体的に育ちがよさそうな印象を与えている。年齢はよく知らないが、外見からして三十そこそこくらいだろう。

「あれ、高畑さん」

宇部は驚いた顔をした。すかさずあやねが質問を次々とぶつける。宇部の声は小さく、答えている内容はよく聞こえなかった。

二人が話している様子を遠目に眺めるうちに、宇部が合唱部の顧問だったことをようやく思い出した。あやねの生き生きとした表情を見る限り、サッカー部における野上とは違って、宇部は部員に信頼されているようだ。黒川は美術選択だったから宇部と直接の面識はなかったが、名のある音大を卒業している、実力のある音楽教師だという話は小耳に挟んだことがあった。

ふと、背後で大きく息を吸う音がした。後ろを振り向くと、澪が壁に背中を預けたまま床に座り込み、顔を手で覆っていた。激しい呼吸音とともに、肩が大きく上下している。

「おい、どうした」

そばに屈《かが》みこんで話しかけると、異変に気がついた荻生田もこちらを振り返った。「大丈夫？　過呼吸？」と荻生田が尋ねる。澪の肩に手を置こうとして、慌てて引っ込めたのが見えた。

「ううん、ただの立ちくらみ。今日、ちょっと貧血気味で」

澪は顔を隠した手を外そうとしないまま、何度か首を縦に振った。首の動きに合わせて、長い黒髪が前後に揺れる。問題ないから放っておいてほしい、という意思表示のようだ。そう言われると、男二人にはどうしようもなかった。再び立ち上がり、職員室前の様子を窺う。宇部は困った顔をして、首を左右に振っていた。

しばらくして、あやねが「ありがとうございました」と一礼し、廊下を走って戻ってきた。あやねが角を曲がってこちらに飛び込んでくると同時に、職員用トイレから青いジャージ姿の野上が現れるのが見えた。間一髪、と荻生田とともに胸を撫《な》で下ろす。

「あれ、澪ちゃん、大丈夫？」

床にへたり込んでいる澪を見て、あやねは怪訝《けげん》な顔をした。澪が「あ、おかえり」と呟いて顔を上げ、よろよろと立ち上がる。

「貧血だってさ」

そう伝えると、あやねは心配そうに眉をひそめ、「そっか。無理しないでね」と短く言った。

しばらくして、澪の状態が落ち着いたことを確認してから、あやねは結果報告を始めた。

「押したり引いたりしてみたんだけど、全然ダメだった。『捜査情報はむやみに生徒に喋るなって職員会議で言われてるから』だって。先生たち、交代で警察の事情聴取を受けながら、ずっと臨時の職員会議をしてるみたい」

「そっかあ。となると、ここで宇部先生以外にアタックしても同じ結果かもしれないな」

荻生田が残念そうな顔をした。青白い顔をしている澪が、「もう戻る?」とおずおずと尋ねる。

その声を合図に、黒川は廊下を引き返し始めた。後ろから三人がついてくる足音がする。

「宇部先生と話してて、ちょっと気になることがあったんだよね」

廊下を歩きながら、あやねがふと呟いた。

「『水口先生のことが心配なんです』って何度も言ったのに、共感してくれる様子が全然ないの。迷惑そうな顔をして、『まあ、生徒の君たちからすればそうだろうけど』って。それって――先生たちは違う、ってこと?」

考えすぎかなあ、というあやねの声がする。黒川の耳には、緊急下校の際に見かけた三人の教師の会話がよみがえっていた。あの教師たちも、水口の安否より、理事長の機嫌のほうが気になっている様子だった。

黙って歩く黒川たちに向かって、あやねがさらに畳みかけた。

「やっぱり――職員室には、私たちが知らない秘密が隠されてる気がするよ」

異変が起こったのは、三時ちょうどのことだった。

校舎を出て、駐輪場へとやってきた黒川たちは、その場であてもなく時間を潰《つぶ》していた。職員室から撤退を余儀なくされ、次に打つ手は思いつかない。かといって、何事もなかったかのように解散して家に帰るのも後味が悪い。学校の敷地を出ることもせず、黒川は黙ってスマートフォンをいじり、澪は白い封筒をじっと見つめ、荻生田とあやねの二人は挑戦状の文面や誘拐事件の経緯について各々の推測や疑問を闘わせ続けていた。

突然、黒川以外の三人が飛び上がり、ポケットや鞄を押さえた。一斉にスマートフォンを取り出し、通知を確認する。

どうやら、それぞれのクラスのグループチャットが同時に活性化したようだった。アプリを開くと、通知をオフにしていた黒川のもとにも一気に十数件のメッセージが届いていた。

「また動画が更新されたって」

あやねの緊迫した声がした。荻生田が「ほら、これ」とスマートフォンを突き出す。四人全員で荻生田のスマートフォンを覗き込んだ。

タイトルは、『欅台高校　水口里紗子　監禁動画②』。

動画には、再び、ダイニングテーブルの脚に身体を拘束されている水口里紗子の姿が映し出されていた。

カメラの位置はほとんど変わらないようだ。ビデオカメラかスマートフォンを手に持って撮影しているらしく、画面が上下左右に揺れている。

水口里紗子は、必死に何かを叫んでいるようだった。しかし、口元を覆っている黒い布に阻まれて、声は言葉として届かない。

「近所の人が物音に気づいて通報してくれればいいのに」

澪が不安げな声で囁く。

動画はまだ続いていた。胴体を拘束している縄から逃れようとする水口里紗子が、頭を思い切りテーブルの端にぶつけ、痛そうに顔を歪める。

『現在の時刻は、三月四日、月曜日、午後三時』

ボイスチェンジャーを通した低音の人工的な声が、スマートフォンのスピーカーから流れ出した。隣に立っている澪がびくりと震え、華奢《きゃしゃ》な肩が黒川の二の腕に触れる。ドキリとして一瞬後ずさりかけたが、澪の青ざめた横顔を見て踏みとどまった。

『最初の動画から五時間。水口先生はまだ元気なようだ。しかし、時間が経ったらどうなるだろう』

抑揚のない声は、男とも女ともつかない。

『残り、六十七時間』

ただ、多くの時間を職員室ではなく保健室で過ごすはずの養護教諭が、果たして水口里紗子のような英語教師と個人的なトラブルに陥るかどうかという点は疑問だ。

「他は、ちょっと思いつかないね」

あやねが首を傾げ、腕を組んだ。

「それに、さっき荻生田くんが言ってたけど、本名のイニシャルなんかで簡単に犯人を絞れるような真似はしないはずだよね」

「でも……じゃあ『C』って何なんだ？」

「教科の略称とか？」

あやねの言葉に、「ああ」と二人同時に頷く。あやねのアイディアは、いい線をいっているように思えた。

「化学はケミストリー《Chemistry》だよな」荻生田が興奮気味に親指を折る。

「コミュニケーション《Communication》英語もだよね」澪が荻生田を真似て親指と人差し指を折った。

「古典は、クラシックス《Classics》」黒川も一つ思いつく。

「現代社会はコンテンポラリー《Contemporary》・ソサエティ《Society》。家庭科は、料理だけ取り出してもいいならクッキング《Cooking》。あと、書道もじゃない？　カリグラフィ《Calligraphy》」

あやねがすらすらと候補を挙げた。そんなあやねを、荻生田と澪が目を丸くして見つめる。

「けっこうあるな」

ぼそりと呟くと、「意外とな」と荻生田がため息をついた。

にわかに盛り上がった場の空気は、一瞬にしてしぼんでしまった。これが一つや二つだったら推理が進みそうなものだが、逆に多すぎるとどこから手をつけてよいものやら分からなくなる。

「やっぱり、あまりにもヒントが足りないよ」荻生田が音を上げた。「俺らだけじゃ情報が少なすぎる」

「じゃあ、もう一回職員室に行ってみる?」と澪。

「うーん、また野上に見つかったらやばいからな」

「信用できる教師を一人引き込むのはどうだ。打診して、五人目の仲間になってもらう」

黒川が発言すると、三人がぱっとこちらに視線を向けた。話し合いにもっとも消極的な黒川が大胆な提案をしたことに驚いたようだった。

「水口先生と個人的なトラブルがなさそうで、誘拐事件を起こすような真似もしそうにない、良識的な教師。そいつが俺らのスパイになってくれれば、警察による捜査の進捗《しんちょく》状況から職員室内の人間関係まで、情報が手に入るかもしれない」

「それ、いいな」荻生田の目の奥に光が宿った。「ちなみに、黒川は誰ならいけると思う?」

頭の中に思い描いている教師は、もちろんただ一人だった。

「伊藤倫太郎」

「おお、倫太郎か。黒川んとこの担任だもんな」

荻生田は黒川の提案に乗り気のようだった。

「新任の倫太郎なら、まだこの学校に一年しかいないから、職員室内で変なしがらみもなさそうだしな」

「ああ。あと、鉄オタだし」

「へ?」

「鉄道オタク」

「えーと、それが何か?」

「偏見かもしれないけど、なんか無害っぽいだろ」

「確かに……倫太郎なら、里紗子ちゃんを誘拐する暇も惜しんで時刻表を読んでそう」

伊藤倫太郎は、どこの教室に行くにも、数学の教科書やプリントに加えて分厚い時刻表を持ち歩く。一度、伊藤倫太郎がプライベートで使っているSNSアカウントが発見されてクラスのグループで回ってきたことがあったが、電車や駅の写真ばかりがひたすら掲載されている、ある意味文句のつけようのないアカウントだった。

「私、伊藤先生のこと好きだよ。優しくて、憎めない感じだよね」

澪がにこりと笑った。その隣で、あやねも「いいんじゃない」と口元を緩めている。

「でも、どうやって呼び出すんだ？　職員室に電話をかけるわけにはいかないよな。今回の事件が解決するまで、ずっと休校のままになるかもしれないし」

「携帯に連絡しとくよ。あとで職員室を抜けてきてもらおう」

スマートフォンを取り出しながら言うと、荻生田が目を瞬いた。

「どうして倫太郎の個人的な連絡先を知ってるんだ」

「長期休みのたびに特別補習を受けてたから」

「鉄道の？」

「なわけないだろ」

荻生田のボケを受け流し、伊藤にメッセージを打つ。『水口先生の事件について話したいことがある。抜けられる？』と書いて送信した。

送ったといたよ、と報告しながら顔を上げると、あやねと目が合った。

「伊藤先生と良樹って、そんなに仲いいんだ。知らなかった」

きるのだろう。

「ご不満のようですね。まあ、悩み事や日々の不安をどうしても文章にしたくないのであれば、身近な人に話すという手もありますよ。黒川くんの場合は――そうですね」

小菅が思案げに顎に手を当てた。

「お母さんの体調は、その後いかがですか」

一見優しげな笑顔だが、やはり目は冷めている。別に何も、と黒川はぶっきらぼうに返した。

「一度、お母さんと心を開いて会話してみることを強くおすすめします。脅すわけではありませんが、話せるときに話しておかないと、とても後悔する結果になりますからね。これも私の経験上――」

「余計なお世話だ」

ついでに、といった調子でプライベートに土足で踏み込んでくる小菅の態度に苛つき、思わず舌打ちをした。

「というか、告白カード、最後のはちゃんと出したんだけど。届いてませんでした?」

「ええ、受け取りましたよ。君にしては珍しく文字量が多く、安心しました」

皮肉を言ったつもりが、皮肉で返される。小菅はにこりと笑いかけると、「明日以降の